老瓜先生

御廚團隊裡最資[...]
和祖父和曾祖父[...]
愛咪公主從小只[...]
他做菜像打仗，[...]大餐，廚房
就像被炸彈轟炸過一樣，做出來的菜
卻好吃得不得了。

噴火龍阿古力

古怪國的怪物。其實，
古怪國的居民全部都是
怪物，只是長得比較可
愛。去年，阿古力被蚊
子波泰叮了一個包，被傳
染噴火病，現在病好了，卻
留下後遺症──只要情緒太激
動，像是生氣、興奮、傷心……
就可能會不小心噴出火來。

樹懶小姐

山雨小學的數學老師，認真負責，
關心學生，只是她的動作實在是太
慢──了。改作業常常需要一個月
的時間，學生跟她打招呼時，等她
回答完「同──學──們──好」，
學生早就走掉了。

大熊老師

山雨小學的健康課兼自然課老師。
有豐富的知識，熱愛教學，能把無
聊的課變得有趣。隨時充滿活力的
他，聲音宏亮，從來沒有人能在他
的課堂上睡著。

山雨小學1

愛哭公主上學去!

賴曉妍×賴馬

愛哭公主上學去

　　百香國的愛咪公主，在窗邊的躺椅上，悠閒的、緩慢的擦著指甲油。粉紅色的指甲油和她粉嫩的膚色幾乎一樣。

　　去年愛咪最愛的粉紅派對，被大哭大鬧的愛哭公

主弄亂後， 她就一直悶悶不樂的待在皇宮不肯出門。 想到這裡， 愛咪又有點想哭了……

哇!!

我不要黃色氣球啦~

嗚~

愛咪公主的祕密

沒錯！ 「愛咪公主」 和 「愛哭公主」 其實都是公主本人。 但她已經決定， 那些不夠完美的事， 都是愛哭公主做的， 不關愛咪公主的事。

 突然打廣告　想知道更多愛哭公主的故事， 請看《愛哭公主》。

愛ㄞ咪ㄇ看ㄎ著ㄓ窗ㄔ外ㄨ的ㄉ花ㄏ園ㄩ， 小ㄒ
鳥ㄋ在ㄗ樹ㄕ枝ㄓ上ㄕ跳ㄊ躍ㄩ、 蝴ㄏ蝶ㄉ在ㄗ花ㄏ
叢ㄘ中ㄓ飛ㄈ舞ㄨ， 連ㄌ園ㄩ丁ㄉ都ㄉ輕ㄑ快ㄎ的ㄉ
哼ㄏ著ㄓ歌ㄍ。

每ㄇ個ㄍ人ㄖ都ㄉ看ㄎ起ㄑ來ㄌ忙ㄇ碌ㄌ又ㄧ愉ㄩ快ㄎ。
擦ㄘ完ㄨ最ㄗ後ㄏ一ㄧ片ㄆ指ㄓ甲ㄐ， 她ㄊ開ㄎ始ㄕ覺ㄐ得ㄉ
無ㄨ聊ㄌ。 最ㄗ後ㄏ， 終ㄓ於ㄩ受ㄕ不ㄅ了ㄌ了ㄌ。 愛ㄞ
咪ㄇ跳ㄊ下ㄒ躺ㄊ椅ㄧ， 提ㄊ著ㄓ那ㄋ無ㄨ比ㄅ華ㄏ麗ㄌ、
誇ㄎ張ㄓ的ㄉ蓬ㄆ蓬ㄆ裙ㄑ……

母后！
母后！

跑ㄆㄠˇ去ㄑㄩˋ找ㄓㄠˇ
皇ㄏㄨㄤˊ后ㄏㄡˋ媽ㄇㄚ媽ㄇㄚ——

愛ㄞˋ咪ㄇ一公ㄍㄨㄥ主ㄓㄨˇ見ㄐㄧㄢˋ到ㄉㄠˋ媽ㄇㄚ媽ㄇㄚ，
大ㄉㄚˋ聲ㄕㄥ的ㄉㄜ說ㄕㄨㄛ：

我ㄨㄛˇ想ㄒㄧㄤˇ去ㄑㄩˋ上ㄕㄤˋ學ㄒㄩㄝˊ！

皇ㄏㄨㄤˊ后ㄏㄡˋ正ㄓㄥˋ在ㄗㄞˋ喝ㄏㄜ下ㄒㄧㄚˋ午ㄨˇ茶ㄔㄚˊ， 優ㄧㄡ雅ㄧㄚˇ的ㄉㄜ捏ㄋㄧㄝ
著ㄓㄜ雕ㄉㄧㄠ花ㄏㄨㄚ茶ㄔㄚˊ杯ㄅㄟ， 微ㄨㄟˊ笑ㄒㄧㄠˋ看ㄎㄢˋ向ㄒㄧㄤˋ愛ㄞˋ咪ㄇ一說ㄕㄨㄛ：

太ㄊㄞˋ好ㄏㄠˇ了ㄌㄜ！

三ㄙㄢ國ㄍㄨㄛˊ的ㄉㄜ交ㄐㄧㄠ界ㄐㄧㄝˋ，
有ㄧㄡˇ一ㄧˋ間ㄐㄧㄢ三ㄙㄢ語ㄩˇ學ㄒㄩㄝˊ校ㄒㄧㄠˋ，
聽ㄊㄧㄥ說ㄕㄨㄛ鄰ㄌㄧㄣˊ國ㄍㄨㄛˊ的ㄉㄜ公ㄍㄨㄥ主ㄓㄨˇ和ㄏㄢˋ
王ㄨㄤˊ子ㄗˇ們ㄇㄣ都ㄉㄡ讀ㄉㄨˊ那ㄋㄚˋ裡ㄌㄧˇ。

是ㄕˋ呀ㄧㄚ！
太ㄊㄞˋ好ㄏㄠˇ了ㄌㄜ！

真ㄓㄣ的ㄉㄜ嗎ㄇㄚ？

馬上拿出學校簡介

三語學校的傳說……

最近，童話世界裡的三國，流行起「精通三語」。而「三語學校」就是同時教授「百香國」、「奇異國」和「古怪國」三國語言的學校。

三國的家長們，都搶著把小孩送進去讀書，希望孩子能贏在起跑點。

上學，對愛咪來說，是一個絕對不能輸的重要場合。

愛咪向皇宮裡手藝最高超的裁縫師，訂製了一套「眼睛一亮，上學王牌裝」。

她這樣對裁縫師說：

上學第一天，就要讓學校所有的人都印象深刻，又不能太刻意。

是的，公主。

裁縫師接到命令，立刻聯絡花仙子。整個王國，就屬「花族」製作的布料最精美了。

花大師您好，事情是這樣的……

花仙子小傳

九十歲的花仙子，是三國最厲害的織布高手，已經蟬聯七十四年金織獎冠軍。用花瓣汁液染成的布料、輕柔得像微風的布料、薄透得像精靈翅膀的布料，都是她的招牌產品。如果不是VIP，就算排隊也買不到，可以說是一布難求。

嗯嗯

沒問題嘍！

9

裁縫師才打完電話，布料很快的就快遞到皇宮。這是當然的，畢竟公主可是很重要的客戶。

皇家紡織工坊二十四小時燈火通明。

兩個星期後，愛咪公主指定的「眼睛一亮，上學王牌裝」完成了。那是一件水手服洋裝，款式很適合上學，尺寸也非常完美。

有著完美的大小、弧度和鬆緊度的蝴蝶結。

閃耀著珠光的白色布料，使用海洋王國進口的珍珠貝殼絲線。

時尚的立體壓摺，使用特殊工法，怎麼坐都不會壓平。

實用性與美感兼具的手工鞋，走起來輕鬆無比。

特製一比一
愛咪公主
模特兒

沒錯！

難道這就是所謂的低調奢華風嗎？

11

展示著新衣的裁縫師，自信滿滿，這是他的得意之作。每個人都緊盯著公主表情的變化。她上下打量新衣服一遍，眉頭漸漸皺了起來……

說完，她就哭了。

從眼眶紅到嗚咽、 從嗚咽到啜泣、 最後從啜泣到嚎啕大哭。

她站著哭、　坐著哭、　躺著哭、　滾來滾去一直哭。

愛哭四連拍

整個皇宮的人瞬間慌了手腳，管家和僕人們連忙安撫公主， 裁縫師則趕緊在洋裝上加工。

百褶裙加上公主最愛的白紗，一層、 兩層、 三層， 乾脆八層好了！ 接著在藍色緞帶鑲上鑽石，一顆、 兩顆、 三顆， 乾脆鑲滿好了！ 最後撒上亮晶晶的彩色亮片， 一把、 兩把、 三把……

乾脆全撒好了！

經過兩小時又五十八分鐘的
「務必讓公主滿意大作戰」，
洋裝終於修改完工了。

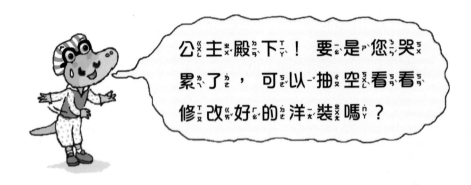

公主殿下！要是您哭
累了，可以抽空看看
修改好的洋裝嗎？

最後愛咪累得趴在沙發上，皇
宮裡的沙發全都讓她哭溼了，她
從淚眼汪汪的模糊視線裡瞄到修
改後的洋裝。

一抬起頭，她就先被閃得睜不開眼，接著再看見蓬鬆得像一朵巨型白雲的裙襬。

好閃！

對！對！對！

對對對，這才是我想要的「眼睛一亮，上學王牌裝」。

到了上學的那一天， 皇宮裡上上下下都在為愛咪公主打點。

特製的早餐營養豐盛，讓公主活力滿點！

特製的華麗上學洋裝，讓公主美麗出眾！

特製的粉紅閃亮書包，讓公主造型滿分！

準備好了了！ 大家列隊、鋪起紅地毯恭送公主出門， 每個人都顯得很高興。

其實， 這樣的大陣仗， 不僅僅是為了公主的尊貴身分， 愛哭公主願意去上學真的讓大家都鬆了一口氣。

皇家馬車已經在皇宮門口等
著。「大家再見！我要上學了！
不用太想我唷！」愛咪公主向眾
人揮揮手，正準備跨上馬車時才
發現，她根本擠不進馬車的門。

嗚～

換成皇家加長禮車好了！

八層的超大蓬裙， 依然堵在加長禮車車門口。 所有的人一起用力的推啊擠啊， 還是無法把蓬裙塞進車裡。

正當愛咪沮喪的坐在地上， 呼吸急促， 嘴巴癟了， 眼看又要哭了。

這時……

剛從早市買菜回來的廚師老瓜先生，騎著他的三輪摩托車回到皇宮，看到愁眉苦臉的大家。

他把車停在旁邊，問道：

> 發生什麼事啦？

大家同時轉向老瓜先生，眼睛一亮，全都想著同樣的事：「搭摩托車，就沒有裙襬太巨大的問題了吧！」

沒想到——原本坐在地上的愛咪，突然站起來、

「公主病」小知識

愛咪最討厭別人說她有「公主病」了！但是，「公主」為什麼是病呢？如果說一隻狗有「狗病」、一隻貓有「貓病」、一隻魚有「魚病」。這些都不奇怪。她是公主，有

走向三輪摩托車， 接著就跳上後座， 拉上遮陽篷， 扣緊安全帶， 她爽快的說：

OK!

沒問題了，
我們出發吧！

公主病應該也是很正常的吧？ 有問題的是，大家說到 「公主病」 時的表情……反正， 她是永遠不想再看到那種表情了。

有公主病很
正常好嗎？

遮陽篷飛行傘

　　老瓜先生的三輪摩托車載著公主，嘟嘟嘟的往三語學校的路上奔馳。

　　風和日麗，晴空萬里，今天完全是一個適合兜風的好日子。

　　「風兒——風兒——輕撫我的臉兒，啦啦啦！」涼爽的清風吹過愛咪公主的臉頰，她閉上眼睛，哼著歌，享受著從未體驗過的暢快感。

　　經過峽谷時，一陣強風吹來，遮陽篷居然載著愛咪飛了起來，就像飛行傘一樣。

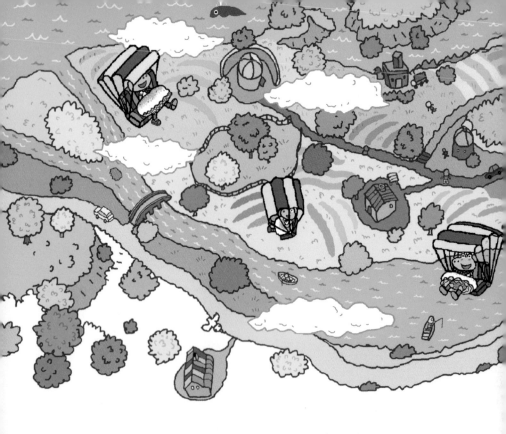

遮陽篷飛行傘飄過了丘陵、 飄過了湖泊、 飄過了青青草原。 最後， 百香國公主愛咪， 居然隨風飄到了隔壁奇異國的領空。

這時， 她突然想起， 美麗的風景， 一定要搭配美味的點心啊！ 她拿出背包裡的點心盒， 悠閒的吃了起來。

「哈！ 真是太享受了！ 」愛咪心滿意足的說： 「這樣就算天天上學， 我也不會想哭。 」

對比著愛咪的開心悠閒， 國界的另一頭， 卻是一股緊張的氣氛……

　　奇異國負責防守邊境
的熱氣球自衛隊出現了。
自衛隊的陣容浩大，總共
出動一顆「航空母球」、三
顆「敵軍偵測球」和八顆「武裝
驅逐球」，驅逐球上搭載著各種
火砲，偵測球則對著愛咪公主的
蓬裙雲大聲廣播：

前方雲狀不明飛行物！
你已經侵犯我們奇異國的領空，
請馬上轉向！請馬上轉向！

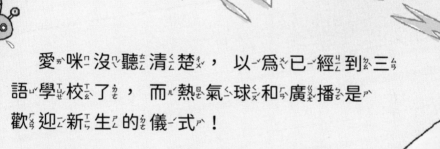

愛咪沒聽清楚，以為已經到三語學校了，而熱氣球和廣播是歡迎新生的儀式！

她揮揮手，開心的打招呼：

大家早安！

嗨！
嗨！

27

沒想到，熱氣球自衛隊對著雲狀不明飛行物展開射擊，發射出一隻一隻的小鳥，拚命的往前飛。

牠們是童話故事裡強大的生物武器，有啄退敵人的功能。一般人不會知道，唯一能攔截小鳥大軍的祕方是：屑屑。

成群的小鳥，往愛咪飛過去，一眼就看見她的蓬蓬裙上掉滿餅乾屑和蛋糕屑。

牠們爭先恐後的停在蓬蓬裙上，難以抗拒的開始大吃起來，牠們從來沒有吃過這麼美味的屑屑。畢竟，那可是皇宮點心的屑屑啊！

「哇ㄨㄚ！ 好ㄏㄠ多ㄉㄨㄛ可ㄎㄜ愛ㄞ的ㄉㄜ小ㄒㄧㄠ鳥ㄋㄧㄠ！ 」
愛ㄞ咪ㄇㄧ看ㄎㄢ到ㄉㄠ這ㄓㄜ麼ㄇㄜ多ㄉㄨㄛ小ㄒㄧㄠ鳥ㄋㄧㄠ搶ㄑㄧㄤ食ㄕ， 於ㄩ
是ㄕ努ㄋㄨ力ㄌㄧ落ㄌㄨㄛ下ㄒㄧㄚ更ㄍㄥ多ㄉㄨㄛ的ㄉㄜ屑ㄒㄧㄝ屑ㄒㄧㄝ。

小ㄒㄧㄠ鳥ㄋㄧㄠ越ㄩㄝ停ㄊㄧㄥ越ㄩㄝ多ㄉㄨㄛ、 蓬ㄆㄥ蓬ㄆㄥ裙ㄑㄩㄣ越ㄩㄝ來ㄌㄞ越ㄩㄝ
重ㄓㄨㄥ， 讓ㄖㄤ原ㄩㄢ本ㄅㄣ輕ㄑㄧㄥ飄ㄆㄧㄠ飄ㄆㄧㄠ的ㄉㄜ雲ㄩㄣ朵ㄉㄨㄛ蓬ㄆㄥ裙ㄑㄩㄣ，
慢ㄇㄢ慢ㄇㄢ的ㄉㄜ往ㄨㄤ下ㄒㄧㄚ降ㄐㄧㄤ， 直ㄓ到ㄉㄠ蓬ㄆㄥ蓬ㄆㄥ裙ㄑㄩㄣ把ㄅㄚ
愛ㄞ咪ㄇㄧ安ㄢ穩ㄨㄣ的ㄉㄜ護ㄏㄨ送ㄙㄨㄥ到ㄉㄠ地ㄉㄧ面ㄇㄧㄢ。

「到了嗎？ 老瓜先生呢？ 」

降落後， 愛咪覺得奇怪，

老瓜先生不見了？ 連三輪摩

托車也消失了。

咦？

奇怪了？

咦？ 公……
公主人呢?!

老瓜先生一路騎到

三語學校， 才發現愛咪

公主竟然不在後座！

三語學校的老師打電話到

皇宮詢問。

請問愛咪公主今天
不是要來上學嗎？

什麼？
公主還沒
有到嗎？

愛ㄞ咪ㄇ公ㄍㄨㄥ主ㄓㄨ就ㄐㄧㄡ這ㄓㄜ樣ㄧㄤ， 優ㄧㄡ雅ㄧㄚ的ㄉㄜ「降ㄐㄧㄤ落ㄌㄨㄛ」在ㄗㄞ一ㄧ座ㄗㄨㄛ陌ㄇㄛ生ㄕㄥ的ㄉㄜ山ㄕㄢ頭ㄊㄡ上ㄕㄤ。

那ㄋㄚ是ㄕ位ㄨㄟ在ㄗㄞ古ㄍㄨ怪ㄍㄨㄞ國ㄍㄨㄛ境ㄐㄧㄥ內ㄋㄟ，呱ㄍㄨㄚ打ㄉㄚ哈ㄏㄚ拉ㄌㄚ哈ㄏㄚ拉ㄌㄚ山ㄕㄢ脈ㄇㄞ的ㄉㄜ其ㄑㄧ中ㄓㄨㄥ一ㄧ個ㄍㄜ小ㄒㄧㄠ山ㄕㄢ丘ㄑㄧㄡ。

她ㄊㄚ觀ㄍㄨㄢ察ㄔㄚ四ㄙ周ㄓㄡ， 眼ㄧㄢ前ㄑㄧㄢ的ㄉㄜ景ㄐㄧㄥ色ㄙㄜ十ㄕ分ㄈㄣ⋯⋯ 呃ㄜ── 自ㄗ然ㄖㄢ？除ㄔㄨ了ㄌㄜ草ㄘㄠ原ㄩㄢ和ㄏㄜ樹ㄕㄨ林ㄌㄧㄣ， 只ㄓ有ㄧㄡ一ㄧ間ㄐㄧㄢ用ㄩㄥ「垃ㄌㄜ圾ㄙㄜ」蓋ㄍㄞ的ㄉㄜ小ㄒㄧㄠ屋ㄨ子ㄗ。

愛咪以為的「垃圾」，其實是「茅草」。尊貴的公主，因為經常在皇家花園裡看見園丁修剪植物、整理落葉，她認為樹枝和茅草都屬於垃圾。「難道這就是傳說中的廢物利用嗎？」她心想。

愛ㄞ咪ㄇㄧ公ㄍㄨㄥ主ㄓㄨ一ㄧ邊ㄅㄧㄢ走ㄗㄡˇ、
一ㄧ邊ㄅㄧㄢ東ㄉㄨㄥ張ㄓㄤ西ㄒㄧ望ㄨㄤˋ。

這ㄓㄜ裡ㄌㄧˇ是ㄕˋ三ㄙㄢ語ㄩˇ學ㄒㄩㄝ校ㄒㄧㄠ嗎ㄇㄚ？
怎ㄗㄣˇ麼ㄇㄜ不ㄅㄨ太ㄊㄞ像ㄒㄧㄤ公ㄍㄨㄥ主ㄓㄨ和ㄏㄜˊ王ㄨㄤˊ
子ㄗˇ會ㄏㄨㄟ來ㄌㄞˊ的ㄉㄜ學ㄒㄩㄝ校ㄒㄧㄠ……

看ㄎㄢˋ著ㄓㄜ過ㄍㄨㄛˋ於ㄩˊ「自ㄗˋ然ㄖㄢˊ」的ㄉㄜ環ㄏㄨㄢˊ境ㄐㄧㄥˋ，她ㄊㄚ
唸ㄋㄧㄢˋ唸ㄋㄧㄢˋ有ㄧㄡˇ詞ㄘˊ，然ㄖㄢˊ後ㄏㄡˋ突ㄊㄨˊ然ㄖㄢˊ明ㄇㄧㄥˊ白ㄅㄞˊ了ㄌㄜ什ㄕㄣˊ麼ㄇㄜ
似ㄙˋ的ㄉㄜ，用ㄩㄥˋ力ㄌㄧˋ拍ㄆㄞ手ㄕㄡˇ大ㄉㄚˋ叫ㄐㄧㄠˋ。

我ㄨㄛˇ知ㄓ道ㄉㄠˋ了ㄌㄜ！

啊ㄚ哈ㄏㄚ！

啪

一隻長得像青蛙的……
青蛙？

　　他有一張大大的嘴巴、
綠色的皮膚、 嘴角還冒著
火， 看起來脾氣不太好。

　　但是， 愛咪最大的優點
是： 有同理心。 畢竟她自己
也是個情緒不穩定的人……
喔不！ 是「性情中人」， 總
不能要求別人太多吧。

哈囉！
你好，

請問這裡是
三語學校嗎？

綠青蛙嘴角的最後一絲火熄滅了，他狐疑的看著愛咪說：「沒錯喔，這裡是『山雨小學』。」他歪著頭再補充：「因為我們這裡最多『山雨』了的！」說完，他抬頭看了看山邊又開始聚集的黑雲……

沒錯喔，這裡是「山雨小學」。

這青蛙可能是班上的同學呢， 先認識一下也好。

冒昧請問， 你是哪一國的王子呢？

哈哈哈

王子？

我嗎？

我叫阿古力， 自從感染過噴火病， 只要一激動， 就開始冒火。 有時候很生氣， 也會噴出大火， 所以大家都叫我噴火龍。

才一會兒功夫，他就燒掉
一間房屋、兩棵樹和三個郵筒。

「原來不是什麼青蛙啊！ 人家可是『龍族』的王子！ 真是失敬失敬。」 愛咪心想。

而且， 阿古力就跟自己一樣， 有時候是討人喜歡的愛咪公主、 有時候會變成愛哭公主。

因為彼此類似的遭遇， 讓愛咪看著眼前的阿古力， 有一種同病相憐的感覺。

突然打廣告

《我變成一隻噴火龍了！》

想知道更多阿古力的故事，請看……

也是這本書裡的角色！

說真的，愛咪和阿古力除了膚色不一樣，其實長得還挺像的。只是，身為優雅的公主，愛咪是絕對不會承認這一點的。

相似度 87%

愛咪走向前，牽起阿古力的手，熱情的說：

阿同學！你現在是我在班上最好的朋友了，教室在哪裡呢？一起去上課吧！

他們手牽著手，走進茅草屋……
喔不！是教室。教室裡已經坐
了幾個學生，正在等待上課。

山雨小學的學生，大多是古怪國
居民的孩子。像是阿古力的鄰居
吉普拉那兩個雙胞胎弟弟。

41

咦～？
老師呢？

……

看著空蕩蕩的講臺，愛咪覺得好奇怪。身為皇家繼承人，對於學校的師資，自然相當重視。

第一堂是數學課，數學老師是樹懶小姐。

她通常會遲到四十五分鐘左右，每次都還滿準時的。

愛ㄞ咪ㄇ和ㄏ阿ㄚ古ㄍ力ㄌ找ㄓ了ㄌ空ㄎ位ㄨ入ㄖ座ㄗ，兩ㄌ人ㄖ就ㄐ坐ㄗ在ㄗ隔ㄍ壁ㄅ。 在ㄗ學ㄒ校ㄒ有ㄡ了ㄌ好ㄏ朋ㄆ友ㄡ， 愛ㄞ咪ㄇ感ㄍ覺ㄐ一ㄧ切ㄑ都ㄉ很ㄏ順ㄕ利ㄌ。

今天不只準時到校，而且還沒掉過一滴淚呢，放學回家一定要向媽媽炫耀我的大幅進步！

我真棒！

　　「其實，這個教室也別有一番風情啊！」愛咪環顧教室，看見破了洞的屋頂，灑進點陽光，心想：「真是通風又兼具自然採光的好設計。」她甚至聯想起以前和爸爸、媽媽去小島度假的小屋。

沒想到，忽然間陽光消失了，天空一下子暗了下來。

轟轟隆!!

嘩啦!

轟轟隆!!

嘩啦

下起了阿古力剛才說的「山雨」，而且來得又急又猛烈。

雨ㄩˇ水ㄕㄨㄟˇ從ㄘㄨㄥˊ草ㄘㄠˇ屋ㄨ的ㄉㄜ˙屋ㄨ頂ㄉㄧㄥˇ滴ㄉㄧ進ㄐㄧㄣˋ教ㄐㄧㄠˋ室ㄕˋ，
然ㄖㄢˊ後ㄏㄡˋ像ㄒㄧㄤˋ小ㄒㄧㄠˇ河ㄏㄜˊ， 流ㄌㄧㄡˊ進ㄐㄧㄣˋ教ㄐㄧㄠˋ室ㄕˋ， 最ㄗㄨㄟˋ後ㄏㄡˋ變ㄅㄧㄢˋ
成ㄔㄥˊ像ㄒㄧㄤˋ瀑ㄆㄨˋ布ㄅㄨˋ那ㄋㄚˋ樣ㄧㄤˋ， 沖ㄔㄨㄥ進ㄐㄧㄣˋ教ㄐㄧㄠˋ室ㄕˋ。

整ㄓㄥˇ個ㄍㄜˋ教ㄐㄧㄠˋ室ㄕˋ裡ㄌㄧˇ， 只ㄓˇ有ㄧㄡˇ愛ㄞˋ咪ㄇㄧ公ㄍㄨㄥ
主ㄓㄨˇ感ㄍㄢˇ到ㄉㄠˋ慌ㄏㄨㄤ張ㄓㄤ， 其ㄑㄧˊ他ㄊㄚ的ㄉㄜ˙學ㄒㄩㄝˊ生ㄕㄥ都ㄉㄡ
一ㄧ副ㄈㄨˋ習ㄒㄧˊ以ㄧˇ為ㄨㄟˊ常ㄔㄤˊ的ㄉㄜ˙樣ㄧㄤˋ子ㄗ˙。

大家從櫃子裡拖出救生艇、合力充飽氣，然後按照座號依序坐上救生艇。

步驟熟練，動作迅速，總共只花了五十七秒，打破了演習時一分〇六秒的紀錄。

洞穴食堂

同學們搭乘救生艇，一起划呀划呀。最後，他們停在一個山洞前面，綁好救生艇後，依序上岸。

整個過程驚險又刺激，愛咪連哭都來不及。

48

「到嘍！」看起來大家原
本就計畫來這個地方，同學
們告訴愛咪說：「教室又
『泡湯』了，上午的課不能
上。每次這樣，我們就會提
早吃午餐。」

原來學生餐廳在山洞裡，愛咪覺得好特別，岩壁上的火把、石桌和石椅，還有學生創作的壁畫……忽然有種身在原始叢林的感覺。

哇嗚！

好酷啊！

是在地風味餐嗎？

嗯

我們餐廳的食物有點特別喔！

同學們好心的湊到愛咪耳邊，小聲的說：「聽說廚師以前是鄰國的三星餐廳主廚。因為舌頭被毒蜜蜂叮了，後來味覺就有點怪怪的。」

三星主廚： 羅送湯

一個從三星餐廳出走的另類料理人。 做出獨一無二的創意料理是他的堅持， 終極目標是征服全世界最挑剔的味蕾。 注意， 享用**羅送湯**大廚的料理， 最好要有強壯的胃。

為了做出更有創意的料理，三星主廚幾乎把餐廳廚房變成他的瘋狂實驗室。

好處是，這裡可以自由選擇自己想吃的餐點。

雖然皇宮裡多得是珍貴稀奇的食物，但這些全都是愛咪從來沒見過的菜色。她看呆了，不是想哭、而是想念，她突然想念起皇宮裡的正常食物。

　　阿ㄚ古ㄍㄨˇ力ㄌㄧˋ幫ㄅㄤ自ㄗˋ己ㄐㄧˇ和ㄏㄜˊ愛ㄞˋ咪ㄇㄧ點ㄉㄧㄢˇ了ㄌㄜ兩ㄌㄧㄤˇ份ㄈㄣˋ「山ㄕㄢ雨ㄩˇ水ㄕㄨㄟˇ煮ㄓㄨˇ肉ㄖㄡˋ丸ㄨㄢˊ」，這ㄓㄜˋ是ㄕˋ洞ㄉㄨㄥˋ穴ㄒㄩㄝˊ食ㄕˊ堂ㄊㄤˊ的ㄉㄜ最ㄗㄨㄟˋ新ㄒㄧㄣ菜ㄘㄞˋ色ㄙㄜˋ，因ㄧㄣ為ㄨㄟˋ旁ㄆㄤˊ邊ㄅㄧㄢ就ㄐㄧㄡˋ寫ㄒㄧㄝˇ了ㄌㄜ新ㄒㄧㄣ菜ㄘㄞˋ色ㄙㄜˋ三ㄙㄢ個ㄍㄜ字ㄗˋ。

山ㄕㄢ雨ㄩˇ水ㄕㄨㄟˇ煮ㄓㄨˇ肉ㄖㄡˋ丸ㄨㄢˊ

沒ㄇㄟˊ有ㄧㄡˇ炸ㄓㄚˊ過ㄍㄨㄛˋ、也ㄧㄝˇ沒ㄇㄟˊ有ㄧㄡˇ滷ㄌㄨˇ過ㄍㄨㄛˋ，甚ㄕㄣˋ至ㄓˋ沒ㄇㄟˊ有ㄧㄡˇ調ㄊㄧㄠˊ味ㄨㄟˋ的ㄉㄜ水ㄕㄨㄟˇ煮ㄓㄨˇ肉ㄖㄡˋ丸ㄨㄢˊ，外ㄨㄞˋ表ㄅㄧㄠˇ是ㄕˋ黯ㄢˋ淡ㄉㄢˋ的ㄉㄜ淺ㄑㄧㄢˇ灰ㄏㄨㄟ色ㄙㄜˋ，一ㄧ串ㄔㄨㄢˋ三ㄙㄢ顆ㄎㄜ，只ㄓˇ要ㄧㄠˋ古ㄍㄨˇ怪ㄍㄨㄞˋ幣ㄅㄧˋ五ㄨˇ元ㄩㄢˊ。大ㄉㄚˋ廚ㄔㄨˊ強ㄑㄧㄤˊ調ㄉㄧㄠˋ，要ㄧㄠˋ吃ㄔ肉ㄖㄡˋ的ㄉㄜ原ㄩㄢˊ味ㄨㄟˋ才ㄘㄞˊ好ㄏㄠˇ。

　　吉普拉的兩個雙胞胎弟弟各自點了「溪魚蒸蛋」和「香甜螞蟻派」。他們端著餐盤，走到用餐區。

　　用餐區的正中央有一張長長的餐桌，那裡已經坐著一隻黑熊，是健康課兼自然課老師大熊先生。

大家才剛坐好，　還沒來得及吃，　熱愛教學的大熊先生職業病就犯了。

他用宏亮的聲音說：　「小孩每天要吃五份蔬果、　媽媽每天要吃七份蔬果、　爸爸每天要吃

來ㄌㄞˊ！
同ㄊㄨㄥˊ學ㄒㄩㄝˊ們ㄇㄣ˙
一ㄧˋ起ㄑㄧˇ說ㄕㄨㄛ！

天ㄊㄧㄢ天ㄊㄧㄢ
五ㄨˇ七ㄑㄧ九ㄐㄧㄡˇ

快ㄎㄨㄞˋ樂ㄌㄜˋ
五ㄨˇ七ㄑㄧ九ㄐㄧㄡˇ

九ㄐㄧㄡˇ份ㄈㄣˋ蔬ㄕㄨ果ㄍㄨㄛˇ。 這ㄓㄜˋ一ㄧˋ題ㄊㄧˊ， 下ㄒㄧㄚˋ次ㄘˋ健ㄐㄧㄢˋ康ㄎㄤ
課ㄎㄜˋ會ㄏㄨㄟˋ考ㄎㄠˇ唷ㄛ˙！ 」大ㄉㄚˋ熊ㄒㄩㄥˊ先ㄒㄧㄢ生ㄕㄥ的ㄉㄜ˙健ㄐㄧㄢˋ康ㄎㄤ
口ㄎㄡˇ號ㄏㄠˋ， 像ㄒㄧㄤˋ環ㄏㄨㄢˊ繞ㄖㄠˋ音ㄧㄣ響ㄒㄧㄤˇ一ㄧˊ樣ㄧㄤˋ在ㄗㄞˋ山ㄕㄢ洞ㄉㄨㄥˋ
裡ㄌㄧˇ迴ㄏㄨㄟˊ盪ㄉㄤˋ。

而且，高興的時候吃東西會變好吃，吃到好吃的東西也會讓人高興喔！我們現在就來做個實驗！

大熊老師請阿古力來示範「飲食對心情的影響」。

請大家仔細觀察阿同學，吃下大廚的新菜色肉丸，會出現什麼反應吧！

阿ㄚ古ㄍㄨˇ力ㄌㄧˋ咬ㄧㄠˇ下ㄒㄧㄚˋ一ㄧˋ顆ㄎㄜ肉ㄖㄡˋ丸ㄨㄢˊ，嚼ㄐㄩㄝ
啊ㄚ嚼ㄐㄩㄝ啊ㄚ……他ㄊㄚ的ㄉㄜ臉ㄌㄧㄢˇ色ㄙㄜˋ開ㄎㄞ始ㄕˇ發ㄈㄚ
白ㄅㄞˊ、發ㄈㄚ紫ㄗˇ、又ㄧㄡˋ發ㄈㄚ紅ㄏㄨㄥˊ，最ㄗㄨㄟˋ後ㄏㄡˋ……
轟ㄏㄨㄥ——噴ㄆㄣ出ㄔㄨ了ㄌㄜ大ㄉㄚˋ火ㄏㄨㄛˇ！

原ㄩㄢˊ來ㄌㄞˊ，老ㄌㄠˇ師ㄕ說ㄕㄨㄛ得ㄉㄜ對ㄉㄨㄟˋ，吃ㄔ到ㄉㄠˋ好ㄏㄠˇ吃ㄔ
的ㄉㄜ東ㄉㄨㄥ西ㄒㄧ會ㄏㄨㄟˋ變ㄅㄧㄢˋ得ㄉㄜ高ㄍㄠ興ㄒㄧㄥ，所ㄙㄨㄛˇ以ㄧˇ吃ㄔ到ㄉㄠˋ不ㄅㄨ
好ㄏㄠˇ吃ㄔ的ㄉㄜ東ㄉㄨㄥ西ㄒㄧ會ㄏㄨㄟˋ變ㄅㄧㄢˋ得ㄉㄜ生ㄕㄥ氣ㄑㄧˋ。

香噴噴

沒想到，阿古力的大火，把原本清淡無味的水煮肉丸，瞬間變成香噴噴的烤肉丸。

他吃下一顆外表有點焦黑的肉丸，才咬了一口，就驚呼：

哇哇哇

超級好吃！

大家聞到香味， 都端著盤子排隊， 請阿古力幫忙噴火烤肉， 連大熊先生也來了。 洞穴食堂裡， 像是在舉辦烤肉大會。

微焦，謝謝！

好ㄛ！

來， 大家一起說。

天天五七九， 烤肉生氣才有！

61

吃完午餐，睡完午覺。星期一下午的第一節課，原本是「古怪語課」。

譯：天氣真好！你今天也怪怪的嗎？

但是每次山雨來襲，都會把泳池裝滿水。為了善用水資源，所以學校規定，雨停了以後，要是泳池升到滿水位，全校的下一堂課全部改成「臨時游泳課」。

又ヌ因ぅ為ヾ這き種ザ狀ザ況ズ三を天ち兩ズ頭ズ就ズ會ズ發ド生ズ，所ズ以ブ山ズ雨ブ小ズ學ダ的き每ズ一一個を學ダ生ズ，幾ズ乎ズ都ズ非ド常ズ會ズ游ズ泳ズ（除ズ了き阿丫古ズ力ブ）。而ル「山ザ雨ブ游ズ泳ズ隊ズ」也ズ成ズ為ヾ三な國ズ最ズ厲ズ害ズ的き一一支ズ游ズ泳ズ隊ズ，連ズ百ブ香ズ國ズ的き金ズ牌ズ游ズ泳ズ選ズ手ズ朱ズ瑞ズ福ズ都ズ特ズ地ズ轉ズ學ダ到ズ這き裡ズ受ズ訓ズ。

朱ズ瑞ズ福ズ！

嘩!

朱ズ瑞ズ福ズ！

朱ズ瑞ズ福ズ！

57屆ズ百ブ香ズ國ズ全ズ國ズ水ズ運ズ會ズ

朱ズ瑞ズ福ズ選ズ手ズ又ヌ以ブ半ズ個を頭ズ的き距ズ離ズ得き到ズ第ズ一一名ズ！

說ズ真ズ的き脖ズ子ズ長ズ很ズ佔ズ優ブ勢ズ啊丫！

上課了！ 每個人都換上泳裝，
教練帶大家做暖身操。

同學們好！
現在一起
來暖身！

雙腳打開、
雙手叉腰，
預備開始！

山豬教練晒得很黑，所以，也
可以叫他「巧克力教練」，大家
都覺得這個名字很適合他。

1 2 3 4 扭扭你的腰

2 2 3 4 轉轉頭和手

3 2 3 4 膝蓋彎一彎

4 2 3 4 肩膀聳一聳

5 2 3 4 彎下你的腰

6 2 3 4 身體向後仰

大家都認真的做著暖身操，
只有愛咪公主站在一旁。

……

我沒有泳衣啦！

哇！

她站著哭

她坐著哭

哇！

哇！

正當她準備哭到
最高點的時候……

愛咪
公主！

百香國派出來營救公主的皇家護衛隊及時趕到了！ 滑翔翼緊急迫降在泳池邊。

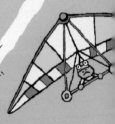

公主
我們來了。

終於找
到你了！

皇家護衛隊

他們是百香國最精銳的部隊， 負責最艱難的任務，並且保護皇族成員的安全。

這是皇家護衛隊專有的手勢。

立正！

67

一見到哭泣中的公主，
護衛隊緊張的大呼小叫。

這群人欺負公主
殿下嗎？！

非得給他們
一點顏色瞧
瞧不可！

然後一起擺出陣式，預備發射
出油性彩色顏料。那可是萬一沾
到，八桶洗澡水也洗不乾淨、令
人聽到就發抖的厲害武器。

愛哭公主看見皇宮的人馬來了，她揮揮手，請護衛隊先收起武器。

太好了！

是父王和母后派你們來的嗎？

「你是皇家護衛隊隊長，對嗎？可以麻煩你們幫我回皇宮拿泳衣嗎？別忘了防晒乳液喔！」

什麼？公主殿下需要泳衣和防晒乳液嗎？

對對對，這樣我就不哭了。

好的！公主。

忠心耿耿的皇家護衛隊接到
公主的指令，又像風一般的跳
上滑翔翼離開了。

等泳衣送來的時間，愛咪有點
無聊。而經過半天的相處，已經
和愛咪成為好朋友的阿古力，熱
心的鼓勵愛咪。

沒關係！
我先示範給
你看喔。

撲通！

阿古力說完， 就往泳池跳。
其實自古以來， 古怪國會噴火
的居民， 一向是不會游泳的。
阿古力的游泳課已經重修五
次， 還在基礎幼幼班。

為了好友， 衝動
下水的阿古力，
再怎麼用手、 用
腳、 用力擺尾
巴， 還是一直
一直往下沉。

　　生氣的阿古力， 噴出大火。 而
這一「加熱」， 竟然把泳池的水
變成溫泉了！ 熱呼呼的池水， 冒
著溫暖的白煙。 大家紛紛跳下泳
池， 撲通！ 撲通！ 撲通！
　　愛咪看著大家， 她也好想一起
泡溫泉。

於山是ㄕˋ，　等ㄉㄥˇ不ㄅㄨˋ及ㄐㄧˊ泳ㄩㄥˇ衣一送ㄙㄨㄥˋ到ㄉㄠˋ，
她ㄊㄚ就ㄐㄧㄡˋ拉ㄌㄚ起ㄑㄧˇ裙ㄑㄩㄣˊ襬ㄅㄞˇ、　踮ㄉㄧㄢˇ起ㄑㄧˇ腳ㄐㄧㄠˇ尖ㄐㄧㄢ、
一ㄧ步ㄅㄨˋ一ㄧ步ㄅㄨˋ的ㄉㄜˊ走ㄗㄡˇ到ㄉㄠˋ泳ㄩㄥˇ池ㄔˊ邊ㄅㄧㄢ。　然ㄖㄢˊ後ㄏㄡˋ把ㄅㄚˇ
腳ㄐㄧㄠˇ伸ㄕㄣ進ㄐㄧㄣˋ泳ㄩㄥˇ池ㄔˊ，　一ㄧ條ㄊㄧㄠˊ腿ㄊㄨㄟˇ、　兩ㄌㄧㄤˇ條ㄊㄧㄠˊ腿ㄊㄨㄟˇ，
兩ㄌㄧㄤˇ腿ㄊㄨㄟˇ一ㄧ踢ㄊㄧ，　「游ㄧㄡˊ」了ㄌㄜˊ出ㄔㄨ去ㄑㄩˋ。

愛ㄞˋ咪ㄇㄧ努ㄋㄨˇ力ㄌㄧˋ的ㄉㄜˊ踢ㄊㄧ水ㄕㄨㄟˇ，　她ㄊㄚ成ㄔㄥˊ功ㄍㄨㄥ了ㄌㄜˊ！
所ㄙㄨㄛˇ有ㄧㄡˇ的ㄉㄜˊ人ㄖㄣˊ都ㄉㄡ為ㄨㄟˋ她ㄊㄚ歡ㄏㄨㄢ呼ㄏㄨ。

大家幸福的泡溫泉，連大熊老師和巧克力教練都來了。賣滷蛋和關東煮的小攤販也來了，泳池邊專賣各種口味冰鮮奶的販賣機，全都生意興隆。

當「溫泉派對」正熱鬧時，送泳衣來的皇家護衛隊到了。他們一眼就看見百香國尊貴的公主身處「水深火熱」之中！

滑翔翼再度緊急迫降在泳池邊，皇家護衛隊訓練有素，他們找掩護、鎖定目標、拋出繩索。最後，終於順利營救出落難他國的愛咪公主。

被「救走」的愛咪，越飛越高。「再見同學們！這果然是一所很棒的學校！」她朝著泳池中的大家揮揮手。

百香國皇宮的晚餐桌上，老瓜先生煮了一桌豐盛的菜，而愛咪興奮的呱啦呱啦說個不停。

教室很像度假小屋喔！

從來沒見過這麼大的雨！

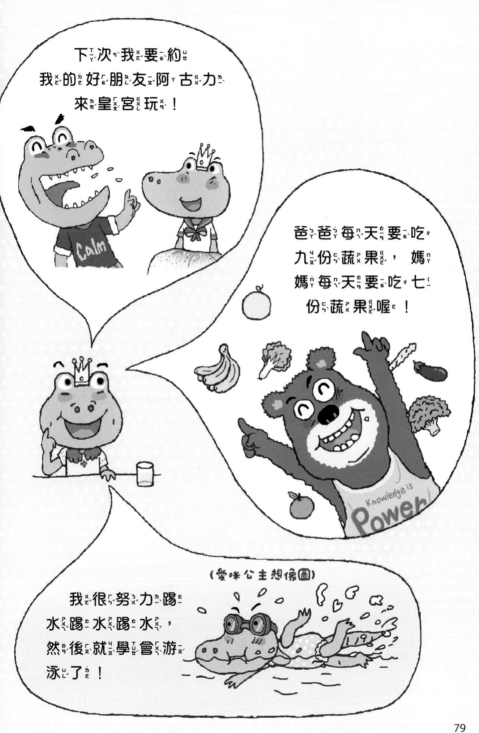

下次我要約我的好朋友阿古力來皇宮玩！

爸爸每天要吃九份蔬果，媽媽每天要吃七份蔬果喔！

（愛咪公主想像圖）

我很努力踢水踢水踢水，然後就學會游泳了！

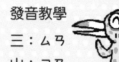

發音教學
三：ㄙㄢ
山：ㄕㄢ

這時ˊ，愛ˋ咪ˇ已ˇ經ㄐㄧㄥ知ㄓ道ㄉㄠˋ這ˋ個ㄍㄜˋ「山ㄕㄢ雨ㄩˇ小ㄒㄧㄠˇ學ㄒㄩㄝˊ」不ㄅㄨˊ是ㄕˋ那ㄋㄚˋ個ㄍㄜˋ「三ㄙㄢ語ㄩˇ學ㄒㄩㄝˊ校ㄒㄧㄠˋ」了ㄌㄜ。

皇ㄏㄨㄤˊ后ㄏㄡˋ還ㄏㄞˊ透ㄊㄡˋ露ㄌㄨˋ了ㄌㄜ一件ㄐㄧㄢˋ大ㄉㄚˋ家ㄐㄧㄚ都ㄉㄡ不ㄅㄨˋ知ㄓ道ㄉㄠˋ的ㄉㄜ往ㄨㄤˇ事ㄕˋ。其ㄑㄧˊ實ㄕˊ，國ㄍㄨㄛˊ王ㄨㄤˊ和ㄏㄜˊ皇ㄏㄨㄤˊ后ㄏㄡˋ小ㄒㄧㄠˇ時ㄕˊ候ㄏㄡˋ也ㄧㄝˇ曾ㄘㄥˊ經ㄐㄧㄥ因ㄧㄣ為ㄨㄟˋ兩ㄌㄧㄤˇ次ㄘˋ意ㄧˋ外ㄨㄞˋ，不ㄅㄨˋ約ㄩㄝ而ㄦˊ同ㄊㄨㄥˊ的ㄉㄜ讀ㄉㄨˊ了ㄌㄜ「山ㄕㄢ雨ㄩˇ小ㄒㄧㄠˇ學ㄒㄩㄝˊ」。不ㄅㄨˊ過ㄍㄨㄛˋ，那ㄋㄚˋ是ㄕˋ另ㄌㄧㄥˋ一ㄧˋ段ㄉㄨㄢˋ故ㄍㄨˋ事ㄕˋ了ㄌㄜ。

飯ㄈㄢˋ後ㄏㄡˋ，皇ㄏㄨㄤˊ后ㄏㄡˋ拿ㄋㄚˊ出ㄔㄨ裁ㄘㄞˊ縫ㄈㄥˊ師ㄕ一整ㄓㄥˇ天ㄊㄧㄢ趕ㄍㄢˇ工ㄍㄨㄥ做ㄗㄨㄛˋ出ㄔㄨ來ㄌㄞˊ的ㄉㄜ另ㄌㄧㄥˋ一ㄧˊ件ㄐㄧㄢˋ上ㄕㄤˋ學ㄒㄩㄝˊ王ㄨㄤˊ牌ㄆㄞˊ洋ㄧㄤˊ裝ㄓㄨㄤ，溫ㄨㄣ柔ㄖㄡˊ的ㄉㄜ提ㄊㄧˊ醒ㄒㄧㄥˇ愛ㄞˋ咪ㄇ：「寶ㄅㄠˇ貝ㄅㄟˋ啊ㄚ，明ㄇㄧㄥˊ天ㄊㄧㄢ就ㄐㄧㄡˋ要ㄧㄠˋ去ㄑㄩˋ真ㄓㄣ的ㄉㄜ三ㄙㄢ語ㄩˇ學ㄒㄩㄝˊ校ㄒㄧㄠˋ上ㄕㄤˋ課ㄎㄜˋ嘍ㄌㄡ！」

愛咪一一聽，眼眶紅了。從眼眶紅到嗚咽、從嗚咽到啜泣，最後從啜泣到嚎啕大哭。愛哭公主站著哭、坐著哭、躺著哭、滾來滾去一直哭……

哇──我不要去三語學校！我要去山雨小學啦～～～

山雨小學1 愛哭公主上學去！

作者｜賴曉妍、賴馬

責任編輯｜蔡忠琦
特約編輯｜陳毓書
美術設計｜王瑋薇
行銷企劃｜高嘉吟

天下雜誌群創辦人｜殷允芃
董事長兼執行長｜何琦瑜
媒體暨產品事業群
總經理｜游玉雪
副總經理｜林彥傑
總編輯｜林欣靜
行銷總監｜林育菁
副總監｜蔡忠琦
版權主任｜何晨瑋、黃微真

出版者｜親子天下股份有限公司
地址｜台北市104建國北路一段96號4樓
電話｜(02) 2509-2800　傳真｜(02) 2509-2462
網址｜www.parenting.com.tw
讀者服務專線｜(02) 2662-0332　週一～週五：09:00~17:30
傳真｜(02) 2662-6048　客服信箱｜parenting@cw.com.tw
法律顧問｜台英國際商務法律事務所・羅明通律師
製版印刷｜中原造像股份有限公司
總經銷｜大和圖書有限公司　電話：(02) 8990-2588

出版日期｜2023年8月　第一版第一次印行
　　　　　2024年7月　第一版第六次印行
定價｜350 元
書號｜BKKCB002P
ISBN｜978-626-305-533-9(精裝)

國家圖書館出版品預行編目（CIP）資料

山雨小學. 1, 愛哭公主上學去! / 賴
曉妍, 賴馬作. -- 第一版. -- 臺北市:
親子天下股份有限公司, 2023.08
86面；14.8x21公分. -- (山雨小學
系列；1) 國語注音ISBN 978-626-
305-533-9（精裝）
863.599　　　　　　112010517

訂購服務

親子天下 Shopping｜shopping.parenting.com.tw　海外・大量訂購｜parenting@cw.com.tw
書香花園｜台北市建國北路二段 6 巷 11 號　電話 (02) 2506-1635
劃撥帳號｜50331356　親子天下股份有限公司